교과서 속
세계 명작

알프스 소녀 하이디

교과서 속
세계 명작
알프스 소녀 하이디

초판 1쇄 2014년 5월 10일
초판 2쇄 2020년 9월 18일

원작 요한나 슈피리
글 책글놀이
그림 미나 한

펴낸이 조영진
펴낸곳 고래가숨쉬는도서관
출판등록 제406-2012-000082호
주소 경기도 파주시 회동길 329(서패동) 2층
전화 031-955-9680   팩스 031-955-9682
이메일 goraebook@naver.com

ISBN 978-89-97165-69-8 64800
ISBN 978-89-97165-60-5 64800(세트)

KC
품명 : 도서 / 전화번호 : 031-955-9680 / 제조년월 : 2020년 9월
제조국명 : 대한민국 / 제조자명 : 고래가숨쉬는도서관
주소 : 경기도 파주시 회동길 329 2층 / 사용 연령 : 7세 이상
*KC마크는 이 제품이 공통성안전기준에 적합하였음을 의미합니다.

교과서 속
세계 명작

알프스 소녀 하이디

원작 요한나 슈피리
글 책글놀이 그림 미나 한

고래가 숨쉬는
도서관

책 읽는 것은 재밌는데 독후감 쓰기는 싫은 친구는 없나요? 분명 있을 거예요. 그런데 어른들은 책을 읽고 나면 꼭 느낌을 물어보고, 독후감 쓰기를 강요하지요. 왜 그러냐고요? 독서만큼이나 '쓰기'도 중요하거든요. 쓰기는 반드시 훈련이 필요하답니다. 아무리 책을 많이 읽어도, 말을 잘 해도, 쓰기 훈련이 되어 있지 않으면 마음먹은 대로 글을 쓸 수가 없어요. 이제부터 차근차근 독후감 쓰기 연습을 해 보아요.

■ 독서 전 활동 두근두근, 어떤 이야기가 펼쳐질까?

예를 들어 오늘 읽을 책으로 '레 미제라블'을 고른다면 무슨 생각부터 할까요? '레 미제라블'이 도대체 무슨 뜻일까, 지은이는 누구일까, 어떤 이야기일까, 이것저것 궁금하지 않을까요? 그래요. 책 읽기는 이러한 궁금증부터 시작한답니다. 그런 뒤 다음의 활동들이 따라요.

- 책 제목과 표지 그림을 보고 어떤 이야기가 펼쳐질지 상상해 보아요.
- 책 표지와 뒤표지에 있는 글을 읽은 다음, 차례도 순서대로 읽어 보아요.
- 책을 펼쳐 그림만 쭉 보면서 책 내용을 상상해 보아요.

엄마 가이드 글을 잘 쓰기 위한 가장 중요한 비법은 무엇일까요? 막상 책을 덮고 글을 쓰려고 하면 아무런 생각도 나지 않은 경험이 있지요? 우리 어린이들도 마찬가지랍니다. 따라서 다양한 방법으로 독서 전에 흥미와 관심을 유발시켜 주세요. 과학책이나 역사책 등 지식 정보 책을 읽기 싫어하면 관심 있는 주제부터 먼저 읽도록 권해 주세요.

■ 독서 중 활동 재밌는 곳은 포스트잇을 빵빵!

책을 읽다가 재미난 장면이나 감동 깊은 장면이 있다면 포스트잇을 빵 붙여요. 중요한 장면에도 포스트잇을 빵 붙여요. 한 번 읽었다고 해서 휙 던져 버릴 것이 아니라 이렇게 저렇게 훑어보고 이야기를 하다 보면 자연스럽게 느낀 점도 말하기 쉽고 글감도 형성된답니다.

- 재미있는 장면이나 중요한 장면이 나올 때마다 포스트잇을 붙여요.

- 두 번째 읽을 때는 포스트잇이 붙어 있는 부분만 골라서 내용을 엮어 보아요.
- 그중 인상 깊은 장면을 세 가지 정도 골라 보아요.
- 감동을 받거나 새롭게 알게 된 사실 등은 다른 색깔로 포스트잇을 붙여요.

■ 독서 후 활동 **다양한 활동으로 기억 남기기**

- 명장면을 따라 그려요.
- 순서대로 중요 장면을 몇 장면 정해서 그리거나 글로 써 보아요.
- 등장인물을 그림으로 그리고 소개해요(옷, 신분, 나이, 대사 등).
- 마음에 드는 구절을 옮겨 써 보고, 내 생각도 덧붙여 보아요.
- 주인공에게 위로의 편지를 써 보아요.
- 다른 사람에게 읽은 책을 추천하고 그 이유도 세 가지 정도 써 보아요.
- 마인드 맵으로 이야기의 소재나 주제를 소개해요.
- 상상력을 펼쳐 뒷이야기를 써 보아요.
- 주인공을 내 이름으로 바꿔 새로운 이야기를 엮어 보아요.
- 주인공이나 줄거리, 배경 등이 비슷한 책을 함께 소개해요.

■ **세계 명작을 읽으며 글쓰기 실력 쑥쑥 늘려요!**

오랜 시간 동안 세계 여러 나라 사람들에게 사랑받아 온 세계 명작에는 시대와 나라를 뛰어
넘는 인류의 보편적 가치관과 철학이 담겨 있어요. 우리 조상들의 지혜가 담겨 있는 우리고
전과 마찬가지로 세계 명작을 통해 우리 어린이들은 어려움을 이겨 내는 용기와 서로 돕는
아름다운 마음씨, 다른 사람에 대한 배려와 예의 등을 자연스럽게 익힐 수 있지요. 세계 명
작 속 등장인물이 되어 이야기를 따라가다 보면 읽는 즐거움은 물론 집중력과 상상력까지 길
러 준답니다. 세계 명작의 줄거리를 파악하고, 그 안에 담긴 주제의식이나 우리와는 다른 여
러 나라의 생활과 풍습, 문화 등에 대해 생각해 보고 독후감 쓰기를 하다 보면 글쓰기 실력
도 쑥쑥 늘어날 거예요.

차례

알프스 소녀 하이디

알프스 산으로

맑게 갠 6월의 어느 날 아침, 하이디는 딱딱하게 표정이 굳은 데테 이모의 손에 이끌려 종종걸음으로 오르막길을 올라갔어요. 하이디의 두 뺨이 발그레해지고 이마에서도 송골송골 땀방울이 흘러내렸지만 데테 이모는 뭐가 그리 급한지 걸음을 한 번도 멈추지 않았어요. 하이디와 데테 이모는 알프스 산 중턱에 살고 있는 할아버지 댁에 가는 길이었어요.

"좀 천천히 가요, 이모."

하이디가 힘이 드는지 풀밭에 털썩 주저앉으며 말했어요.

"거의 다 왔어. 이제 조금 더 가면 돼."

데테 이모는 브로치처럼 생긴 시계의 뚜껑을 열어 시간을 본 뒤 하이디를 일으켜 세웠어요.

"그럼 망토를 좀 벗으면 안 될까요?"

하이디가 두터운 망토를 들썩이며 말했어요. 바람도 없는 날씨인데 하이디는 겉옷을 두세 겹이나 껴입고 빨간 망토에 무거운 등산화까지 신고 있었어요. 짐을 조금이라도 줄이려면 어쩔수 없었거든요.

"자, 하이디, 조금만 더 힘을 내렴. 너를 할아버지께 데려다 주고 오늘 안으로 이모는 돌아가야 해."

데테 이모는 멀리 산 중턱을 힐끗 올려다보고는 하이디를 다시 재촉했어요.

그때 뒤쪽에서 염소 울음소리가 들렸어요. 한 소년이 염소들을 몰고 산길을 올라오고 있었어요.

"우아, 염소예요. 한꺼번에 저렇게 많은 염소를 보다니!"

하이디는 염소에 온통 마음을 빼앗기고 말았어요. 그래서 데테 이모가 부르는 소리도 못 듣고 염소들을 향해 뛰어갔지요.

"넌 누구니?"

염소를 몰고 올라오던 소년이 하이디를 빤히 보며 물었어요.

"안녕? 난 하이디야. 산 중턱에 사시는 할아버지댁에 가는 길

이야."

하이디의 말에 소년은 깜짝 놀라더니 고함치듯 물었어요.

"그 호랑이 할아버지가 네 할아버지라고?"

"그래. 앞으로 나는 할아버지랑 같이 살 거야."

하이디는 해맑은 표정으로 말하고 염소로 화제를 돌렸어요.

"염소들은 힘이 하나도 들지 않나 봐. 저렇게 빨리 산길을 올라가는 걸 보면 말이야. 그런데 넌 이름이 뭐니?"

"어? 나는 페터야."

소년은 쑥스러운 듯 대답하고는 곁길로 빠지려는 염소를 쫓아 달려갔어요. 페터는 산 중턱에 있는 초라한 오두막집에서 어머니와 앞 못 보는 할머니와 함께 살았어요. 아직 여덟 살밖에 되지 않았지만 페터는 무척 성실하고 실력 좋은 염소치기였어요. 아침 일찍 마을로 내려가 염소 떼를 몰고 산꼭대기까지 올라가 신선한 풀을 먹이고 저녁이 되면 다시 마을로 데려다 주는 일을 했지요.

하이디는 얇은 옷 한 벌만 입고 맨발로 뛰어다니는 페터를 보고 내심 부러웠어요.

"나도 망토랑 신발만 없으면 염소들처럼 빨리 뛸 수 있어."

하이디는 데테 이모가 신경 써서 입혀 준 망토와 등산화를 벗어딘졌어요. 안쪽에 껴입은 겉옷과 양말까지 다 벗어던지고 얇은 원피스 하나만 입었더니 정말로 몸이 날아갈 것만 같았어요.

하이디는 페터의 뒤를 졸졸 쫓아다니며 질문들을 퍼부었어요.

"염소들이 다 해서 몇 마리야? 염소들은 어떤 풀을 좋아해? 염소들이 길을 잃어버리면 어떻게 하지?"

페터는 하이디가 싫지 않았어요. 그래서 묻는 대로 대답을 다 해 주었지요. 데테 이모는 산길에서 한참 벗어난 하이디를 쫓아오느라 숨을 헐떡였어요.

"어머나, 하이디, 네 옷들은 다 어디에다 버렸니? 내가 사 준 새 신발은 어디에다 벗고 맨발로 다니는 거니?"

데테 이모는 거의 비명을 지르기 직전이었어요.

"저 아래 잘 벗어 두었어요. 하지만 이모, 나는 이게 훨씬 편해요."

하이디는 올라온 길을 가리키며 태연하게 말했어요.

"휴, 저기까지 어떻게 다녀온담. 얘, 네가 좀 가져다주지 않겠니? 그 대신 5페니히를 주마."

데테 이모는 페터에게 동전 하나를 주며 부탁했어요. 동전을 받은 페터는 쏜살같이 뛰어 내려가 하이디가 벗어 둔 옷과 신발을 들고 왔어요. 데테 이모는 페터에게 오두막집까지 옷과 신발을 들어 달라고 부탁했어요. 페터는 어깨를 한번 으쓱하고는 옷과 신발을 들고 씩씩하게 걸어 올라갔어요. 하이디도 염소들을 동무 삼아 가파른 산길을 불평하지 않고 걸어 올라갔지요.

1시간쯤 걷자 멀리 산 중턱에 오두막집이 한 채 보였어요. 오두막집 뒤로는 키 큰 전나무 세 그루가 서 있었고, 그 뒤로 알프스 산의 봉우리들이 보였어요. 오두막집 앞으로는 골짜기가 시원하게 펼쳐져 있었지요. 하이디의 할아버지는 염소 두 마리를 데리고 등나무 의자에 앉아 페터를 기다리고 있었어요.

"안녕하세요, 할아버지?"

페터보다 먼저 도착한 하이디가 할아버지에게 반갑게 인사했어요. 할아버지는 난데없는 방문에 살짝 이마를 찌푸리고 투덜거렸어요. 하지만 하이디는 아랑곳하지 않고 할아버지에게 더 가까이 다가가 다정하게 눈을 맞추었어요. 처음 보는 할아버지의 얼굴이지만 그렇게 낯설지도 않고 무섭지도 않았어요. 얼굴에 가득 덮인 수염도, 눈처럼 새하얀 백발도 신기할 따름이었어요. 할아버지는 자신을 빤히 바라보며 눈을 떼지 않는 아이를 저도 모르게 안으며 물었어요.

"넌 누구냐?"

그때 막 도착한 데테 이모가 숨을 크게 내쉬며 대답했어요.

"하이디예요. 토비아스 형부와 아델하이트 언니의 딸이요. 많이 컸죠? 아마 한 살 때 보고 처음 보실 거예요."

할아버지는 데테 이모의 말을 듣고 하이디의 얼굴을 자세히 보았어요. 하지만 곧 이마를 더 찌푸리더니 퉁명스러운 목소리로 물었어요.

"그런데 날 왜 찾아왔소?"

"이제 손녀를 맡아 주세요. 지난 4년 동안은 제가 데리고 있었지만 새 일자리 때문에 멀리 이사를 갈 수밖에 없어요. 하이디를 데려갈 형편도 안 되고요."

그 말을 듣자마자 할아버지는 등나무 의자에서 벌떡 일어나 데테 이모의 얼굴을 노려보았어요.

"나한테 이 아이를 키우란 말이오?"

할아버지가 크게 소리치자 데테 이모는 하이디에게 낮은 목소리로 잠깐 주위를 둘러보라고 말했어요. 그렇지 않아도 궁금증이 많은 하이디는 신이 나서 오두막 뒤쪽으로 달려갔어요. 페터도 갑자기 할 일이 생각난 듯이 염소를 몰고 산꼭대기를 향해

올라갔어요.

"언니가 죽은 뒤 하이디는 줄곧 제가 키웠어요. 친할아버지가 계신데도 말이지요. 프랑크푸르트에 있는 부잣집에 가정부로 가게 되었는데, 거기까지 하이디를 데려갈 수는 없어요."

데테 이모는 할아버지의 괴팍스런 성격을 알고 있었기 때문에 물러서지 않겠다고 단단히 마음먹었어요.

"한밤중에 이모한테 간다고 떼를 쓰면 어떻게 하란 말이오?"

"그건 알아서 하세요. 어찌 됐든 저는 더 이상 하이디를 데리고 있을 형편이 안 돼요. 잠시만이라도 맡아 주세요. 돈을 좀 모으면 다시 데리러 올 테니까요."

할아버지는 데테 이모의 얼굴을 무섭게 노려보았어요.

"정 힘들면 어디 고아원 같은 곳에 보내시든가요."

데테 이모의 마지막 말에 할아버지는 더욱 화난 얼굴로 데테 이모를 쏘아보며 소리쳤어요.

"알았소! 내가 저 아이를 맡을 테니 지금 당장 돌아가시오! 그리고 두 번 다시 이 집에는 발을 들여놓을 생각도 마시오."

데테 이모는 할아버지의 마음이 변할까 봐 하이디에게 인사도 하는 둥 마는 둥 하고 도망치듯 산을 내려가 버렸어요.

할아버지의 오두막집

데테 이모가 떠나고 난 뒤, 하이디는 오두막집 뒤로 가서 세 그루의 키 큰 전나무를 올려다보았어요. 전나무들은 바람이 불 때마다 '쏴' 하고 한목소리로 합창을 했어요. 하이디는 전나무를 따라 입으로 바람 소리를 냈어요.

"쏴…… 쏴……."

전나무 앞에서 한참을 놀던 하이디는 다시 오두막집 앞으로 달려가 할아버지 앞에 섰어요. 할아버지는 등나무 의자에 못마땅한 얼굴로 앉아 있었어요.

"할아버지, 집 안을 구경해도 돼요?"

하이디가 명랑한 목소리로 물었어요.

"따라오너라."

할아버지는 마지못한 듯 무겁게 몸을 일으켰어요. 그리고 의자에 있는 가방과 옷 꾸러미를 가리키며 하이디에게 말했어요.

"네 짐을 가지고 들어오도록 해라."

"저 옷들은 이제 필요 없는걸요."

하이디의 대답에 할아버지는 어이없어 하며 물었어요.

"아니, 왜 옷이 필요 없다는 게냐?"

"염소처럼 저도 뛰어다닐 테니까요. 두꺼운 망토를 걸치고 무거운 신발을 신으면 오히려 불편해요."

그 말에 할아버지는 살며시 웃음을 흘렸어요. 하지만 애써 웃음을 감추며 말했지요.

"지금은 네 좋을 대로 하려무나. 그렇지만 겨울이 오면 필요할 테니 벽장에 넣어 두자꾸나."

할아버지를 따라 오두막집 안으로 들어선 하이디는 집 안을 한번 쭉 훑어보았어요. 가구라고는 할아버지가 쓰는 침대와 커다란 식탁이 전부였어요. 식탁 옆에 있는 난로에는 큼지막한 주전자가 놓여 있고, 선반에는 커다란 빵과 치즈 덩어리 그리고 몇 개의 그릇이 정돈되어 있었지요. 선반 옆에는 다락방으로 올라가는 사다리가 놓여 있었어요.

"우선 뭘 좀 먹어야 할 것 같은데, 넌 배고프지 않니?"

할아버지가 물었어요. 하이디도 선반에 있는 먹을 것을 보자 갑자기 배가 고파졌어요.

"예, 할아버지, 저도 배가 고파요."

"그럼 내가 음식을 준비할 테니 넌 아무 데나 좀 앉아라."

하이디는 방 안을 휘휘 둘러본 다음 난로 옆에 놓여 있는 의자를 식탁까지 끙끙대며 가져왔어요.

"제법이구나."

할아버지는 하이디를 칭찬하고 커다란 빵과 치즈 덩어리를 잘라 주었어요. 염소젖도 한 컵 가득 따라 주었지요. 하이디는 염소젖을 벌컥벌컥 단숨에 마시고 말했어요.

"이렇게 맛있는 건 난생처음이에요."

"많이 있으니까 마음껏 마시렴."

할아버지는 이렇게 말하고 하이디의 컵에 다시 염소젖을 가득 부어 주었어요. 느긋하게 식사를 한 뒤 하이디가 할아버지에게 물었어요.

"할아버지, 저는 어디에서 자요?"

"아무 데나, 네가 원하는 곳에서 자렴."

할아버지의 말이 떨어지자마자 하이디는 선반 옆에 있는 사다리를 타고 다락방으로 올라갔어요. 다락방은 하이디의 마음에 꼭 들었어요. 무엇보다 창문 너머로 아름다운 알프스 산을 바라볼 수 있다는 게 꿈만 같았어요.

"할아버지, 저는 여기에서 자겠어요. 여기는 정말 근사해요.

전나무가 파도 소리처럼 노래하는 소리도 들려요."

하이디는 탄성을 질렀어요.

"나도 알프스가 얼마나 근사한지 벌써 알고 있단다."

할아버지는 창문에 꼭 붙어서 넋이 나간 듯이 밖을 내다보고 있는 하이디의 뒷모습을 보며 빙그레 미소를 지었어요.

"이제 곧 깜깜한 하늘에 별이 뜰 거다. 누워서 별을 보고 싶다면 얼른 침대를 만드는 게 좋겠구나."

할아버지는 향긋한 풀을 가져와 두껍게 깔고 그 위에 담요를 덮어 순식간에 멋진 침대를 만들어 주었어요. 하이디가 침대로 풀썩 뛰어들며 말했어요.

"잠잘 준비 끝! 저는 이제 꼼짝도 하지 않고 누워서 별이 뜨는 것을 기다리겠어요."

그때였어요. 멀리서 휘파람 소리가 들려왔어요. 할아버지가 창밖을 내다보며 말했어요.

"페터가 염소를 몰고 돌아오고 있구나."

페터는 염소 떼에 둘러싸여 산을 내려오고 있었어요. 하이디는 다락방에서 후다닥 뛰어 내려가 페터가 할아버지네 염소를 우리에 집어넣는 것을 구경했어요.

"할아버지, 이게 우리 염소예요? 이름이 뭐예요?"

하이디가 호기심이 가득한 얼굴로 물었어요.

"흰 염소는 '눈송이'고, 검은 염소는 '검둥이'란다."

하이디는 우리 안에 들어간 염소들한테서 눈을 떼지 못했어요. 그러자 할아버지가 나직한 목소리로 하이디를 타일렀어요.

"하이디, 염소들도 이제 자야 해. 너도 오늘은 그만 자고 염소들과는 내일 인사를 나누는 게 어떻겠니? 다락방에 있는 네 침대도 널 기다리고 있을 거야. 그리고 곧 밤하늘에 별이 떠오를 거야."

할아버지의 말에 하이디의 얼굴에 또 다른 호기심이 피어올랐어요. 하이디는 페터와 염소들에게 씩씩하게 손을 흔들어 주고 다락방으로 후다닥 뛰어 올라갔지요.

그날 밤 다락방 침대에 누운 하이디는 얼굴 가득 행복한 미소를 지었어요.

"와, 저 별들 좀 봐. 금방이라도 쏟아지겠는걸. 이곳은 정말 아름다운 곳이야."

염소몰이

다음 날 아침 하이디는 휘파람 소리에 깜짝 놀라 눈을 떴어요. 처음에는 자신이 어디에 있는지 어리둥절했어요. 하지만 곧 다락방이라는 것을 깨달았지요. 창문으로 햇살이 가득 들어와 다락방을 환히 비추고 있었거든요. 하이디는 침대에서 벌떡 일어나 단숨에 오두막집 밖으로 뛰어나갔어요. 페터는 눈송이와 검둥이를 데리고 막 산꼭대기로 올라가려던 참이었어요.

"하이디, 너도 페터를 따라가고 싶은 게냐?"

할아버지가 하이디를 보며 물었어요.

"그래도 돼요?"

"그럼. 대신 세수부터 깨끗하게 하는 게 좋겠구나. 해님이 보고 놀릴지도 모르니까."

하이디가 세수를 하는 동안 할아버지는 배낭 속에 커다란 빵과 치즈를 넣으며 페터에게 당부했어요.

"페터, 하이디를 잘 보살펴 주렴. 처음으로 산을 올라가는 거니까 다 서투를 거야. 잠깐이라도 혼자 두지 마라. 산에 올라가자마자 염소젖을 한 컵 짜 주고 점심때도 한 컵 짜 주렴! 알았지?"

"걱정하지 마세요!"

페터는 조금은 들뜬 목소리로 씩씩하게 대답했어요. 그러면서도 속으로는 할아버지가 하룻밤 사이에 딴사람이 된 것 같다고 생각했지요. 누군가에게 그렇게 친절하게 말하는 걸 처음 들었거든요.

하이디와 페터는 염소 떼를 이끌고 신이 나서 산길을 올라갔어요. 조금 올라가자 거대한 알프스 산이 모습을 드러냈어요. 골짜기를 하나씩 벗어날 때마다 나타나는 새로운 풍경에 하이디는 환호성을 질렀어요. 하늘도 눈이 부시게 푸르고 맑았어요. 들판은 마치 초록색 물감을 엎지른 것 같았고요. 하이디는 들판에 핀 꽃들을 꺾어 앞치마에 수북하게 담았어요.

"다락방을 예쁘게 장식할 거야."

페터는 염소를 몰면서도 하이디에게 눈길을 떼지 않았어요. 마음대로 이리저리 다니는 염소들처럼 하이디도 잠시도 가만히 있지 않았어요.

"하이디, 멀리 가면 안 돼."

페터는 큰 소리로 하이디를 불렀어요. 그러면서도 곁길로 빠지려는 염소들을 향해 휘파람을 부르고 막대기를 휘두르느라 바빴지요. 넓은 언덕이 나타나자, 페터는 염소들을 안전한 곳으로 몰아넣었어요. 그사이 하이디는 사철 내내 눈이 녹지 않는 알프스의 가장 높은 봉우리를 구경했어요.

잠시 뒤 페터가 염소젖을 짜서 하이디에게 주었어요. 그리고 하이디가 염소젖을 다 마시는 것을 본 뒤에 할아버지가 싸 준 커다란 빵과 치즈를 꺼내 주었지요.

"나는 배불러. 네가 먹어."

하이디가 손을 내저으며 말했어요. 페터는 눈이 휘둥그레졌어요. 집이 가난하다 보니 점심을 그렇게 푸짐하게 먹어 본 적도 없었고, 누군가에게 그렇게 큰 빵과 치즈를 받아 본 것도 처음이었으니까요.

기분이 좋아진 페터는 빵과 치즈를 먹으며 하이디에게 염소들에 대해 많은 이야기를 해 주었어요. 이름, 좋아하는 것, 성격 등 염소에 대해서라면 모르는 게 없었어요.

그때 염소 한 마리가 낭떠러지 쪽으로 향하는 게 보였어요. 페터는 쏜살같이 달려가 낭떠러지로 막 떨어지려는 염소의 다리를 붙잡아 끌어올렸어요. 그 염소의 이름은 '티티'였어요. 티티는 겁에 질렸는지 낭떠러지에서 꼼짝도 하지 않고 울기만 했어요.

그러자 하이디가 향기로운 나뭇잎을 한 움큼 따서 티티의 코에 갖다 대며 상냥하게 말했어요.

"무서워하지 말고 나를 따라오렴."

그제야 티티는 잎사귀를 먹으며 하이디를 따라 안전한 곳으로 왔어요. 페터는 화가 나서 회초리로 티티를 때리려고 했어요. 그러자 놀란 하이디가 페터를 가로막으며 말했어요.

"안 돼. 때리지 마. 티티도 놀랐을 거 아냐."

"내일도 빵과 치즈를 준다고 약속하면 때리지 않을게."

"그래, 내일도 줄게. 매일매일 다 줄 테니 앞으로 절대 염소들을 때리지 않겠다고 약속해."

페터는 마음씨 착한 하이디가 좋았어요. 또 앞으로 푸짐한 점심을 먹을 생각에 행복하기도 했어요.

하이디 덕분에 하루가 금세 지나가고 산을 내려갈 시간이 되었어요. 알프스 산에도 순식간에 붉은 노을이 곱게 물들었지요.

하이디가 산을 보고 환호성을 질렀어요.

"페터! 하늘에 불이 났어! 세상이 빨갛게 불타고 있어!"

"저건 해가 지는 거야. 매일 저렇게 노을이 지지."

페터가 휘파람 소리로 염소들을 모으며 설명해 주었어요.

산 아래에서는 할아버지가 등나무 의자에 앉아 하이디를 기다리고 있었어요. 하이디는 할아버지에게 쪼르르 뛰어가 앞치마에 수북하게 담아 온 꽃을 펼쳐 보였어요. 그런데 울긋불긋 예쁜 꽃이 다 시들어 버렸지 뭐예요? 하이디가 울먹거리며 말했어요.

"할아버지, 예쁜 꽃이 왜 이렇게 됐을까요? 다락방에 예쁘게 장식하려고 했는데……."

"하이디, 꽃들은 다락방보다 햇볕이 내리쬐는 들판을 더 좋아한단다. 들판을 떠나면 꽃들은 금방 시들어 버리지."

할아버지는 껄껄 웃으며 하이디를 위로했어요. 그러자 하이디가 울음을 뚝 그치고 씩씩하게 대답했어요.

"그럼 이제 다시는 꽃을 꺾지 않겠어요."

그날 밤, 하이디는 노을이 물든 산에서 염소들과 이리저리 뛰어다니는 꿈을 꾸었답니다.

페터의 할머니

알프스 산에 흰 눈이 내렸어요. 이제 긴긴 겨울이 시작된 것이지요. 페터는 더 이상 염소를 몰고 산 위로 올라올 수 없었어요. 하이디도 눈 때문에 오두막집에 갇혀 꼼짝달싹할 수 없었지요.

그러던 어느 날 페터가 오두막집에 찾아왔어요.

"하이디, 우리 일주일이나 못 봤어. 그동안 보고 싶었어. 우리 할머니도 널 보고 싶어 하셔. 우리 집에 갈래?"

하이디는 무척 기뻤어요. 누군가에게 초대를 받아 본 게 처음이었으니까요.

"하이디, 눈이 그치면 내가 직접 데려다 주마."

할아버지도 하이디에게 약속했어요. 그러나 다음 날도 그다음 날도 눈이 그치지 않았어요. 하이디는 발을 동동 굴렀어요.

"할아버지, 눈이 그치지 않아요. 페터의 할머니가 저를 기다리실 텐데요."

드디어 사흘째 되는 날 눈이 그치고 해가 구름 밖으로 얼굴을 내밀었어요.

"할아버지, 오늘이에요. 오늘 꼭 페터네 집에 갈 거예요."

하이디가 한껏 들뜬 목소리로 말했어요. 하이디는 빨간 망토를 두르고 털모자까지 썼어요. 할아버지는 창고에서 커다란 눈썰매를 꺼내 왔어요. 그리고 하이디가 춥지 않도록 커다란 담요로 하이디의 몸을 감싸 주었어요. 할아버지와 하이디를 태운 썰매는 하얀 눈 위를 새처럼 날아서 눈 깜짝할 새에 페터네 집 앞에 도착했어요.

"자, 하이디, 어서 들어가거라. 할아버지가 저녁 해가 지기 전에 다시 데리러 오마."

할아버지는 하이디를 내려 주고 성큼성큼 산으로 다시 올라갔어요. 하이디가 페터네 집 문을 열고 안으로 들어가자 방 한쪽 구석에서 물레를 돌리고 있는 페터의 할머니가 보였어요. 페터의 엄마는 그 곁에서 바느질을 하고 있었어요.

"안녕하세요? 할머니, 안녕하세요? 아주머니. 저는 하이디예요. 눈이 그쳐서 이제야 할머니를 만나러 왔어요."

"네가 하이디로구나. 어서 오너라."

할머니는 손을 내밀어 하이디의 손을 따뜻하게 잡았어요.

"혼자 왔니?"

"아니요. 할아버지께서 데려다 주셨어요."

"그래? 할아버지가 손녀를 무척 사랑하시는구나. 보이진 않아도 네가 얼마나 사랑스러운 아이인지 알 것 같구나."

페터의 할머니가 손바닥으로 하이디의 얼굴을 찬찬히 쓰다듬

으며 말했어요.

"햇빛이 들어오게 창문을 좀 열까요?"

"창문을 열어도 난 앞을 볼 수가 없단다."

할머니의 말에 하이디는 깜짝 놀라서 울음을 터뜨렸어요.

"제 얼굴이 보이지 않으세요? 아름다운 알프스 산을 볼 수 없으세요?"

"그렇단다. 하지만 네 목소리는 들을 수 있지. 또 손으로 이렇게 만지면 네 얼굴이 얼마나 고운지도 알 수 있단다. 자, 울음을 그치고 내 옆에 앉아서 네 얘기를 들려다오."

할머니가 하이디를 달래며 말했어요.

그러자 하이디의 표정이 금세 밝아졌어요. 하이디는 눈 덮인 알프스 산이 얼마나 아름다운지, 할아버지와 함께 지내는 생활이 얼마나 신 나는지 종알종알 이야기했어요. 그때 갑자기 바람이 불더니 창문이 덜컹거렸어요.

"창문이 덜컹거려요. 우리 할아버지한테 부탁해 볼까요? 할아버지는 뭐든 잘 고치시니까요."

그때 페터가 학교에 갔다 돌아왔어요. 하이디는 더 신이 나서 페터와 이야기를 나누었어요. 페터의 엄마가 등잔에 불을 밝혔어요. 하이디는 해가 지기 전에 데리러 온다는 할아버지 말을 떠올리고 얼른 집 밖으로 나왔어요. 마침 할아버지가 썰매를 타고 산어귀에 이르렀어요.

하이디는 페터의 할머니, 엄마에게 작별 인사를 하고 할아버지가 끌고 온 썰매에 올라탔어요. 그리고 썰매가 출발하자마자 할아버지에게 부탁을 했지요.

"할아버지, 페터네 집 좀 고쳐 주세요. 창문이 덜컹거려서 할머니가 잠을 주무시지 못해요."

할아버지는 하이디를 담요로 감싸 주며 대답했어요.

"내일 고쳐 보자꾸나."

할아버지의 약속에 하이디는 기분이 좋아 썰매 위에서 환호성을 질렀어요.

다시 도시로

그러던 어느 날 데테 이모가 소식도 없이 불쑥 찾아왔어요. 데테 이모는 하이디를 보자마자 끌어안고 입을 맞추었어요.

"하이디, 반가운 소식을 갖고 왔단다."

할아버지는 오두막집 앞에 놓인 등나무 의자에 앉아 시큰둥한 표정으로 먼 산을 바라보고 있었어요. 데테 이모는 할아버지 눈치를 보면서 조심스럽게 말했어요.

"하이디가 큰 부잣집에서 생활할 수 있는 기회가 생겼어요.

그 집 딸이 다리가 아파서 잘 걷지 못하는데 마침 말동무할 아이를 찾지 뭐예요."

"관심 없소. 하이디와도 상관없는 일이고. 그냥 돌아가시오."

"그 집 아가씨와 똑같이 공부를 시켜 주겠대요. 하이디에게는 좋은 기회예요. 설마 하이디를 산속에만 처박아 둘 건가요?"

데테 이모의 말에 할아버지도 아무 말도 못 했어요. 하이디도 벌써 공부할 나이가 되었으니까요.

"마음대로 하시오! 그리고 다시는 오지 마시오!"

할아버지가 버럭 화를 내더니 오두막 뒤쪽으로 가 버렸어요. 하이디는 할아버지가 걱정이 되었어요.

"이모 때문에 할아버지가 화가 나셨어요."

"금세 괜찮아지실 거야. 어서 갈 준비나 하렴. 너도 그 집에 가면 정말 좋아할 거야."

"나는 따라가지 않을 거예요. 여기 알프스 산이 더 좋아요. 그리고 내가 가 버리면 페터와 할머니도 무척 섭섭해할 거예요."

이모는 눈물이 글썽글썽한 하이디의 손을 붙잡고 달랬어요.

"하이디, 갔다가 마음에 들지 않으면 되돌아오면 돼. 참, 돌아오는 길에 페터네 할머니한테 흰 빵을 사다 드리면 되겠다."

"정말요? 그럼 갈게요."

데테 이모의 말에 하이디는 눈물을 그치고 고개를 끄덕였어요. 이가 없어서 검고 딱딱한 빵을 잘 못 씹는 페터네 할머니에게 말랑말랑한 흰 빵을 사다 드리면 좋겠다고 생각했거든요. 하이디는 하루 종일 기차를 타고 커다란 도시 프랑크푸르트로 향했어요. 프랑크푸르트 역에서 내린 뒤에는 다시 전차를 탔어요. 그리고 마침내 큰 건물 앞에 도착했지요. 데테 이모가 현관에 있는 벨을 누르면서 말했어요.

"하이디, 이 집이 앞으로 네가 살게 될 제제만 씨 집이란다."

데테 이모와 하이디는 집사인 로텐마이어 부인의 안내로 제제만 씨의 딸인 클라라가 기다리고 있는 서재로 들어갔어요. 클라라는 휠체어에 앉아서 하이디를 기다리고 있었어요. 매일 집 안에서만 지내기 때문에 얼굴은 창백했어요. 클라라의 어머니는 일찍 돌아가시고 아버지도 출장이 잦아 클라라는 대부분의 시간을 로텐마이어 부인과 지냈어요.

클라라는 상냥한 미소로 하이디를 맞이했어요. 그러나 로텐마이어 부인은 하이디가 달갑지 않았는지 불평을 했어요.

"너무 어리잖아요. 분명히 우리 아가씨 또래의 아이가 필요하다고 전했는데요."

　"보이는 것처럼 그렇게 어리지는 않아요! 아마…… 열……."

　데테 이모가 변명하듯 말하는데 하이디가 얼른 끼어들어 또 박또박 말했어요.

　"맞아요, 저는 벌써 여덟 살인걸요!"

　로텐마이어 부인은 기가 막혀 말이 나오지 않았어요. 클라라

는 열두 살이었으니까요. 로텐마이어 부인이 화를 누르면서 하이디에게 다시 물었어요.

"공부를 한 적은 있니? 글을 읽을 줄 아니?"

"아뇨, 저는 공부한 적이 없어요. 글도 읽을 줄 모르지요."

데테 이모는 슬금슬금 뒷걸음을 치며 말했어요.

"그래도 영리한 아이니까 틀림없이 아가씨의 좋은 말동무가 될 거예요! 그럼 저는 너무 늦어서 이만 가 봐야겠어요."

데테 이모는 도망치듯 서재를 나가 버렸어요. 당황한 로텐마이어 부인이 데테 이모를 쫓아 나갔지요. 이제 서재에는 하이디와 클라라만 남았어요.

"네 이름이 하이디니? 여기가 마음에 들어?"

"응, 그렇지만 나는 내일 흰 빵을 가지고 돌아갈 거야."

"뭐? 넌 참 재밌구나! 나랑 이곳에서 지내려고 온 거잖아."

클라라가 큰 소리를 내면서 웃었어요. 그때 로텐마이어 부인이 기진맥진해서 돌아와서는 딱딱한 목소리로 말했어요.

"저녁 먹을 시간입니다. 식당으로 가세요!"

하이디는 클라라를 따라서 식당으로 들어갔어요. 식탁 한가운데 김이 모락모락 나는 흰 빵이 놓여 있었어요. 하이디는 반가운 눈빛으로 빵을 가리키며 물었어요.

"흰 빵이네요. 저 빵을 가져가도 되나요?"

시중을 들던 세바스찬이 고개를 끄덕이자 하이디는 흰 빵을 집어 얼른 호주머니에 넣었어요. 클라라는 그 모습을 보고 웃었고, 로텐마이어 부인은 식사 예절을 끝없이 늘어놓았어요.

하지만 하이디는 의자에 앉은 채 그대로 잠이 들어 버렸어요.

먼 길을 오느라 많이 피곤했기 때문이지요.

새로운 생활

다음 날 아침, 하이디는 커다란 침대에서 눈을 떴어요. 처음에는 알프스 산이 보이지 않아 어리둥절했어요. 그러다가 사방을 둘러본 다음에야 어제 클라라의 집에 왔다는 것을 기억해 냈어요.

하이디는 하루라도 빨리 할아버지가 기다리고 있는 알프스 산으로 돌아가고 싶었어요. 하지만 혼자서는 갈 수가 없어 매우 울적했어요. 로텐마이어 부인이 자기만 보면 왜 퉁명스럽게 말하는지도 이해할 수가 없었어요. 다행히 클라라는 하이디에게 상냥했어요. 궁금한 것도 많은지 이것저것 많이 물었지요.

"하이디, 네가 살던 곳에 대해서 얘기해 줄래?"

하이디는 페터를 따라 염소를 몰고 산에 간 이야기를 해 주었어요. 산을 빨갛게 불태우는 노을에 대해서도 이야기했지요. 그러다 보니 알프스 산으로 당장이라도 돌아가고 싶었어요.

"나는 집으로 돌아가야 해. 내일은 가야 해!"

하이디가 울먹거리자, 클라라가 위로하며 말했어요.

"우리 아빠가 출장에서 돌아오실 때까지만 기다려. 아빠가 오시면 도와주실 거야."

그러던 어느 날 로텐마이어 부인이 하이디가 옷장 속에 감추어 둔 빵들을 보고 비명을 질렀어요. 하이디가 페터의 할머니에게 가져다주려고 모아 둔 빵이었어요. 하지만 이미 빵은 바싹 마른 데다가 곰팡이까지 피어 있었어요.

"당장 이 빵이랑 헌 옷가지들을 내다 버리도록 해!"

하이디는 로텐마이어 부인에게 애원했어요.

"빵을 버리면 안 돼요. 페터네 할머니께 드릴 거예요. 내 옷도 버리지 마세요. 나는 내일이라도 알프스로 돌아가야 해요."

그러나 로텐마이어 부인은 하이디의 손을 뿌리쳤어요.

"저 지저분한 쓰레기를 버리지 않으면 클라라 아가씨에게 병균이 옮을 거야."

하이디는 털썩 주저앉아 울음을 터뜨렸어요.

"이제 할머니께 드릴 흰 빵이 하나도 없어."

클라라는 슬피 우는 하이디를 달래 주었어요.

“하이디, 네가 집으로 돌아갈 때 흰 빵을 바구니 가득 싸 줄 테니 울지 마.”

“정말? 한 바구니 가득?”

하이디는 클라라의 말을 듣고 겨우 울음을 그쳤어요.

며칠 뒤 클라라의 할머니가 왔어요. 할머니는 클라라 옆에 앉아 있는 하이디를 불렀어요.

“네가 하이디로구나. 이리 가까이 오렴.”

“안녕하세요, 노부인 마님.”

하이디는 로텐마이어 부인이 시킨 대로 얌전히 인사했어요. 그

러자 할머니가 소리 내어 웃었어요.

"그냥 할머니라고 부르려무나. 하이디, 네게 줄 선물을 가지고 왔단다."

할머니는 가방에서 책을 꺼내 하이디에게 건네주었어요. 아름다운 산과 초원 그림이 있는 책이었어요. 붉은 노을을 등진 목동 그림도 있었어요. 하이디는 그림을 보다가 그만 울음을 터뜨리고 말았어요.

"하이디, 울지 마라. 이 그림을 보니 알프스 산이 떠오르는 모양이구나."

하이디가 겨우 울음을 그치자 할머니가 계속 말을 이었어요.

"이 그림에는 아름다운 이야기가 있단다. 네가 글자를 알면 그 이야기를 읽을 수 있어. 어때, 한번 배워 보겠니?"

할머니의 말에 하이디는 고개를 끄덕였어요. 그리고 그날부터 할머니와 책을 읽었지요. 일주일 뒤에는 가정교사가 놀란 목소리로 말했어요.

"기적이 일어났어요! 하이디가 글자를 깨우쳤어요."

"하이디가 이제야 책에 재미를 붙였나 보구나. 하이디, 저기 책상 위에 있는 책들은 이제 다 네 것이다."

할머니가 빙그레 웃으며 말했어요. 하이디는 눈을 동그랗게 뜨고 물었어요.

"제 책이라고요? 그럼 집에 돌아갈 때 가져가도 되나요?"

"물론이지. 영원히 네 책인걸."

유령 소동

클라라의 할머니가 돌아가고 나서 하이디는 무척 울적한 시간을 보냈어요. 한번은 로텐마이어 부인에게 알프스 산으로 돌아가고 싶다고 말을 했다가 '은혜도 모르는 아이'라는 말과 함께 크게 혼이 났어요. 그 뒤로는 알프스 산으로 돌아가고 싶다는 말도 꺼내지 못했어요.

그 무렵 밤마다 복도에 유령이 나타난다는 말이 돌기 시작했어요. 하인들이 아무리 문단속을 해도 아침이 되면 어김없이 문이 열려 있었거든요.

결국 로텐마이어 부인이 클라라의 아버지인 제제만 씨에게 편지를 보내 즉시 돌아와 달라고 부탁했어요. 제제만 씨는 모든 일

을 미루고 곧바로 집으로 돌아왔어요.

그날 밤 제제만 씨는 하인들과 함께 유령이 나타나길 기다렸지만 새벽이 될 때까지 집 안은 잠잠하기만 했어요. 하지만 3시가 되었을 때 2층에서 발자국 소리가 들려왔어요. 사람들은 등불을 켜고 조심조심 2층으로 올라갔어요. 그때 복도 끝에서 흰 옷을 입은 유령이 걸어오고 있었어요.

"거기 누구냐?"

유령은 고함 소리에 놀랐는지 낮은 비명을 지르면서 털썩 주저 앉았어요. 놀랍게도 흰 옷을 입은 유령은 하이디였어요.

"아니, 하이디! 네가 왜 여기에 서 있니?"

하이디는 아직도 잠에서 덜 깬 눈으로 덜덜 떨고 있었어요. 잠든 채로 헤매고 다니는 몽유병에 걸린 것이었어요.

"하이디, 어디 가려고 했니?"

"저는 그냥 잠을 잤을 뿐이에요."

"그럼 꿈을 꾼 거로구나."

"저는 밤마다 똑같은 꿈을 꿔요. 꿈속에서는 할아버지 집에 돌아가 있어요. 저는 전나무 숲에서 바람 소리를 들으려고 다락방을 내려가요. 밤하늘의 별도 얼마나 아름다운지 몰라요! 그렇지만 깨어 보면 아직도 여기에 있어요."

하이디는 눈물이 나와 제대로 말을 할 수가 없었어요.

결국 제제만 씨는 하이디를 집으로 돌려보내기로 결정했어요. 클라라도 무척 슬펐지만 하이디가 얼마나 힘든지 잘 알고 있기 때문에 고개를 끄덕일 수밖에 없었어요.

다시 알프스 산으로

알프스로 돌아가는 날, 클라라는 하이디에게 흰 빵이 수북이 들어 있는 바구니를 건네주었어요.

"아, 클라라, 고마워! 페터의 할머니가 무척 기뻐하실 거야."

하이디는 클라라에게 작별 인사를 하고 하인 세바스찬과 함께 마차에 올랐지요. 알프스로 향하는 기차를 탄 뒤로는 모든 게 꿈만 같았어요. 알프스 산이 가까워질수록 가슴이 쿵쾅쿵쾅 뛰어 참을 수가 없었지요. 기차에서 내린 뒤 세바스찬은 산 밑 마을까지 가는 마차에 하이디를 부탁하고 돌아갔어요. 마차에서 내리자마자 하이디는 바구니를 들고 달리기 시작했어요.

페터네 허름한 오두막집에 도착한 하이디는 문을 열고 뛰어 들어가며 소리쳤어요.

"할머니, 하이디예요!"

하이디는 페터네 할머니의 무릎에 얼굴을 파묻었어요. 할머니는 하이디의 얼굴을 쓰다듬으며 반갑게 말했어요.

"머리카락도, 목소리도 분명히 하이디로구나."

"그래요, 할머니! 하이디가 돌아왔어요."

하이디는 할머니에게 흰 빵이 가득 든 바구니를 내밀었어요.

"여기 제가 흰 빵을 많이 가지고 왔어요."

"고맙다, 하이디! 그렇지만 나는 네가 돌아온 것이 흰 빵을 선물로 받은 것보다 더 기쁘구나!"

하이디는 페터네 집을 나와 다시 뛰기 시작했어요. 그리운 오두막집이 눈에 보이고, 언제나처럼 등나무 의자에 앉아 파이프 담배를 피우는 할아버지의 모습이 보였어요. 하이디는 할아버지에게 달려가 안기며 말했어요.

"할아버지, 정말로 보고 싶었어요!"

할아버지는 하이디를 품에 안고 목이 메이는지 한참 뒤에나 물었어요.

"어디가 아프니, 하이디? 그 사람들이 쫓아내더냐?"

하이디는 고개를 저으며 제제만 씨가 써 준 편지를 꺼내 할아버지에게 주었어요. 할아버지는 편지를 읽고 아무 말 없이 선반에 올려놓으면서 말했어요.

"뭘 좀 먹어야 하지 않겠니?"

하이디는 예전처럼 의자를 직접 식탁으로 가져와 앉았어요. 그새 하이디의 키는 한 뼘이나 자라 있었어요. 하이디는 할아버지가 한가득 따라 주는 염소젖을 단숨에 마셨어요.

그때 바깥에서 휘파람 소리가 들려왔어요.

"페터예요!"

하이디는 번개처럼 밖으로 뛰어나갔어요. 페터는 갑자기 나타난 하이디를 보고 놀라서 멍하니 바라볼 뿐이었어요.

"오랜만이야, 페터."

하이디는 염소들에게도 반갑게 인사했어요.

"눈송이, 검둥이, 나를 잊지 않았겠지?"

그날 밤 하이디는 다락방 건초 침대에 누워 세상에서 가장 달콤한 잠에 빠져들었어요. 동이 터 올 때까지 한 번도 깨지 않았지요.

클라라의 방문

　따뜻한 봄이 되자 클라라가 할머니와 함께 오두막집을 찾아왔어요. 남자들이 맨 가마 위에 앉아 있는 클라라를 보고 하이디는 기뻐서 펄쩍펄쩍 뛰었어요. 클라라의 할머니는 귀부인처럼 말을 타고 뒤따라오고 있었지요.

　"하이디, 그동안 잘 있었니?"

　클라라가 휠체어에 옮겨 앉으며 인사했어요. 하이디는 장미처럼 발그레한 얼굴로 클라라에게 꽃다발을 건네며 인사했어요.

　"클라라, 알프스에 온 걸 환영해."

　그사이 할아버지는 전나무 아래에 맛있는 점심을 준비했어요. 알프스에서 불어오는 기분 좋은 바람을 맞으며 클라라와 하이디는 점심을 먹으며 유쾌한 시간을 보냈어요.

　해 질 무렵, 할머니는 클라라만 남겨 두고 산을 내려갔어요. 클라라는 하이디의 다락방에서 밤하늘의 별을 보며 함께 잠이 들었답니다.

　오두막집에서 지내는 동안 클라라는 몸도 마음도 건강해졌어요. 하이디 덕분에 웃을 일도 많은 데다 알프스의 신선한 공기와

따뜻한 햇살이 클라라에게 힘을 보태 주었으니까요.

하지만 페터는 그사이 하이디가 놀아 주지 않아 잔뜩 심통이 났어요. 클라라가 온 지 3주째 되는 날, 목초지까지 하이디와 클라라가 따라간다고 하자 페터는 약이 오를 대로 올랐어요.

'오늘도 클라라하고만 놀겠지?'

페터는 오두막집 앞에 놓인 휠체어를 골짜기 아래로 굴러 떨어뜨려 버렸어요. 골짜기 아래로 떨어진 휠체어는 그만 산산조각이 나고 말았지요.

뒤늦게 그 사실을 알게 된 클라라는 울상을 지었어요.

"어머나, 이를 어째? 휠체어가 없으면 나는 아무 데도 못 가."

"괜찮다, 클라라. 두 발로 걸으면 되잖니? 이제부터 걷는 연습을 해 봐."

할아버지가 위로하며 말했어요.

"제가 걷는다고요?"

클라라가 어리둥절한 표정으로 말했어요.

"와, 정말요? 클라라가 걸을 수 있어요? 클라라, 네가 다시 걷는다면 목초지든 어디든 마음대로 다닐 수 있겠지?"

하이디는 당장이라도 클라라가 걷게 된 것처럼 흥분을 감추지 않았어요.

　그날부터 클라라는 한 발 한 발 걷는 연습을 했어요. 할아버지와 하이디, 그리고 휠체어를 망가뜨리고 나서 괜히 미안해진 페터까지 클라라를 부축해서 걷는 연습을 도왔어요.

　라가츠에 머물러 있던 클라라의 할머니가 오두막집에 오는 날이었어요. 클라라는 오두막집 앞에 있는 의자에 앉아 있다 할머니를 맞았어요.

　"클라라, 그동안 잘 지냈니?"

　할머니가 반갑게 인사하며 클라라에게 다가왔어요. 그런데 놀랍게도 클라라가 아무것도 잡지 않고 자리에서 일어나더니 할머니를 향해 한 발 두 발 다가오는 게 아니겠어요?

　"아니 클라라, 네가 걷는구나. 네가 어떻게……."

　할머니는 놀라움을 감추지 못했어요. 그날 할머니는 제제만 씨에게도 급히 전보를 보내 소식을 알렸어요. 소식을 듣고 그 즉시 달려온 제제만 씨는 오두막집 앞에서 자신을 향해 한 걸음씩 다가오는 딸을 보고 눈물을 주르륵 흘렸어요.

　"클라라, 이게 설마 꿈은 아니겠지?"

　제제만 씨는 기쁨을 감추지 못했어요. 그리고 할아버지와 하이디에게 고맙다고 인사했어요.

"정말 감사합니다. 모든 게 어르신과 하이디 덕분입니다."

그날 클라라의 가족과 하이디와 할아버지는 전나무 아래서 식사를 했어요. 갓 짜낸 염소젖도 한 잔씩 마셨지요. 제제만 씨도, 할머니도, 무뚝뚝한 할아버지도 내내 큰 소리로 웃었고, 하이디와 클라라도 반짝반짝 부서지는 햇살 속에서 재잘재잘 이야기를 나누느라 쉴 틈이 없었답니다.

부록

독후 활동

- 내용 확인하기

- 생각 나누기

- 신 나게 활동하기

- 생생 독후감

엄마와 함께하는 독후 활동

1. 하이디는 데테 이모와 왜 알프스 산을 올라갔나요?

예시 할아버지와 살기 위해서다. 하이디는 데테 이모와 살았는데, 이모가 프랑크푸르트에 직장을 얻게 되어 알프스 산 중턱에 사는 할아버지에게 하이디를 데려다 주는 길이었다.

2. 알프스 산에서 만난 페터는 어떤 소년이었나요?

예시 페터는 눈먼 할머니, 어머니와 함께 살며 염소 치는 일을 하고 있었다. 염소에 대해서는 모르는 게 없는 염소 박사였다.

3. 하이디는 자신이 지내게 될 다락방을 보고 어떻게 생각했나요?

예시 마음에 꼭 들어 했다. 창문 너머로 아름다운 알프스 산을 바라볼 수 있고, 전나무의 노랫소리도 듣고, 밤에는 밤하늘의 별을 볼 수 있어 더욱 좋아했다.

4. 페터가 낭떠러지에서 떨어지려는 티티를 겨우 구한 뒤, 하이디는 겁에 질려 꼼짝 못하는 티티를 어떻게 안전한 곳으로 데려갔나요?

예시 향기로운 나뭇잎을 한 움큼 따서 티티의 코에 갖다 대며 따라오라고 하자 티티가 잎사귀를 먹으며 하이디를 따라 안전한 곳으로 이동했다.

5. 데테 이모가 다시 오두막집을 찾아온 이유는 무엇인가요?

예시 하이디를 프랑크푸르트로 데려가기 위해서였다. 큰 부잣집에서 딸 말동무를 할 아이를 구하는데, 하이디를 데려가서 소개하려는 것이었다.

6. 로텐마이어 부인은 왜 하이디를 보고 탐탁하지 않게 생각했나요?

예시 하이디가 클라라에 비해 너무 어려서 탐탁하지 않게 생각했다.

7. 하이디는 클라라의 집에서 지내면서 왜 옷장 속에 흰 빵을 숨겨 놓았나요?

예시 페터의 할머니에게 가져다주기 위해서 모으고 있었다. 페터의 할머니는 이가 약하기 때문에 검은 빵보다는 말랑말랑한 흰 빵을 먹는 게 좋을 것이라고 생각했던 것이다.

8. 클라라의 할머니가 선물한 그림책을 보고 하이디는 왜 눈물을 뚝뚝 흘렸나요?

예시 그림책에 그려진 산과 초원, 붉은 노을을 등진 목동을 보니 알프스 산이 떠올라 참을 수가 없었다.

9. 하이디는 왜 한밤중에 흰 잠옷을 입고 유령처럼 돌아다녔나요?

예시 알프스가 그리워 몽유병에 걸렸기 때문이다. 알프스에 돌아가 지내는 꿈을 꾸고 잠결에 유령처럼 돌아다닌 것이다.

10. 클라라가 할아버지와 하이디의 오두막집을 방문했을 때 페터는 왜 심술이 났나요?

예시 하이디가 클라라하고만 놀고 자기와는 놀아 주지 않았기 때문이다.

11. 알프스에 온 클라라의 몸과 마음이 전보다 건강해진 까닭은 무엇인가요?

예시 알프스의 맑은 공기와 따뜻한 햇빛. 그리고 하이디와 매일 즐겁게 지냈기 때문이다.

12. 클라라를 다시 찾아온 할머니와 제제만 씨는 클라라를 보고 왜 깜짝 놀랐나요?

예시 휠체어에 앉아만 있던 클라라가 벌떡 일어나 두 발로 걸었기 때문이다.

1. 무뚝뚝하고 괴팍한 할아버지의 성격이 부드럽게 변한 까닭은 무엇
이라고 생각하나요? 하이디가 할아버지에게 어떤 영향을 끼쳤을지
생각해 보세요.

2. 하이디의 할아버지나 페터의 할머니처럼 나이 드신 분들에게 우리
가 해 드릴 수 있는 일이 무엇인지 생각해 보세요.

3. 오두막집에 비해 클라라의 집은 부자라서 매우 풍족하고 편안했어요. 그렇지만 하이디는 알프스에 있는 오두막집을 그리워하다 병까지 들었어요. 하이디가 병에 걸린 이유를 생각해 보세요.

4. 프랑크푸르트와 같은 도시 생활과 할아버지의 오두막집과 같은 시골 생활의 장점과 단점을 생각해 보세요.

5. 알프스에 온 클라라는 걸을 수 있다는 희망을 가지고 걷기 연습을 해서 결국 두 발로 걷는 기적을 만들었어요. '희망'이 우리가 살아가는 데 얼마나 중요한지 생각해 보세요.

- <알프스 소녀 하이디>를 읽고 엄마와 독서 신문을 만들어 보세요.

독서신문

월   일

● 책 속의 인물에게 내 마음을 담은 선물을 주세요.

선물을 주고 싶은 사람

~~~~~~

~~~~~~

~~~~~~

주고 싶은 선물

~~~~~~

~~~~~~

~~~~~~

이유

~~~~~~

~~~~~~

~~~~~~

● <알프스 소녀 하이디>를 재미있게 읽었나요? 오래오래 기억에 남을
수 있도록 독서 기록장을 정리해 보세요.

책 제목

지은이

읽은 날짜   년   월   일 ~   년   월   일

등장인물

줄거리

느낀 점

〈알프스 소녀 하이디〉를 읽고

처음에는 〈알프스 소녀 하이디〉를 읽고 약간 지루했다. 앞에는 재미있는 부분이 조금밖에 안 나왔기 때문이다. 하지만 나는 이 책이 멋진 책이라고 생각한다. 왜냐하면 이야기가 길고 재미있으며 쉬운 단어들이 나와서 그런지 이해하기가 쉽다. 그래서 난 이 책이 멋지고 재미있다고 생각한다.

이 책에는 여자주인공 하이디와 하이디의 가장 친한 친구 페터가 나온다. 페터는 하이디가 할아버지 댁으로 가서 처음으로 사귄 친구이다. 할아버지는 다른 사람들에게는 무뚝뚝하게 대하지만 하이디에게는 착하고 친절하게 대해 마치 딴사람 같다. 페터의 할머니도 하이디의 이야기를 듣고 할아버지가 하이디에게만은 자상하다는 것을 알게 된다.

하이디의 친구 클라라는 하이디가 알프스를 떠나 사귄 친구인데, 나중에 하이디가 돌아왔을 때 클라라는 하이디를 찾아 알프스로 온다. 그러나 나중에는 클라라가 걸을 수 있게 도와줬다. 사실 클라라는 처음부터 다리가 아픈 아이였기 때문이다.

나는 나중에라도 클라라의 다리가 나아서 다행이라고 생각한다. 그리고 하이디와 페터 같은 좋은 친구가 있어서 클라라는 좋을 것 같다. 그래서 클라라도 건강해질 수 있었기 때문이다. 나는 앞으로는 사람들이 다치거나 힘든 일이 줄었으면 좋겠고, 나도 이 책에 나오는 아이들처럼 좋은 친구가 될 수 있으면 좋겠다.

경기도 의정부시 의순초등학교 장규희